JN115660

歌集

海馬の眠り

高安勇

砂子屋書房

＊目次

I（平成28年9月～令和2年7月）

Ⅲ（平成24年9月〜平成28年8月）

装本・倉本　修

歌集　海馬の眠り

I

（平成28年9月～令和2年7月）

タグボート

シート掛け川霧に浮くタグボート人の温もり忘れたように

まいまいが若葉を伝い辿り行く恋は幾度も道をはずれて

新築の和食店建つ駅からはやや遠ければ送迎車あり

七度目の干支廻(めぐ)りくるいつからか酉は不老の齢(よわい)と決めて

水族園に大量死せしくろまぐろ孤独に生きる習性持たず

友の猫構いやらねば諦めてソファーの隅に蹲りたる

片足の無い鳩一羽公園の群れに交わり餌求めくる

旧態に生き今様を受け難く若さに抗い孤立深める

断捨離

断捨離を心掛ければ身の回り執着心は薄れるばかり

何気なく横柄になる物腰に人遠ざかる老い人わびし

そこかしこ不具合ありて老い人の集まるところ意気投合す

スーパーにロボットが居てもの言えば応えてくれる言葉優しく

蛍狩り椿山荘の庭深く奇しき出合いのある筈もなく

知る人の口の端を過ぎそれだけの煙のごとき我の人生

今だから出来ると言いてその今を躊躇いもなく見送りており

種播いて芽を出し花も美しくやがて枯れればまた種になる

余生

食細く酒も好まず書も読まずひたすら眠くこれこそ余生

幼児期に会いたる儘の姪からの結婚通知に意表衝かれぬ

もの問えば母の背中に隠れたる姪は婦警に一児の母に

下の階の老いたる寡婦と気が合いてジムへツアーへ妻が出掛ける

六〇年に新聞記者辞め広告業へ頭低くを身に沁みて知る

八十路

いく度も干支を越えきて運、不運記憶にとどめ八十路にいたる

孫が問うＡＫＢか乃木坂か判らぬ儘に乃木坂と言う

高騰の野菜選ばずわが妻は消化に良いとキザミ菜を買う

平成は二十九年となりにけり天皇陛下も八十路越えらる

蓮舫のきめつけ調は馴染めずと一番を買う何でも一番

防災の訓練膝の悪きわれ部屋ぬちにあり布団を被る

ようやくに非常階段降りゆけば早や訓練は終っておりぬ

駅降りる都度配られるティシュペーパー溜り溜って抽斗塞ぐ

陶器の鶏

西安で陶器の鶏を求めたり人は夜店の出物かと問う

除草剤で黒く拡がる売土地のとなり身の丈の雑草伸びる

房総の水仙街道たずねれば今年は道が遠くなりたる

「馬鹿だから」口癖に言うさりげなさ強い言葉もするりと流す

変身の真琴つばさの歌声は河島英五に勝る引力

鳥インフル容赦もなくて無差別に袋詰めして穴掘り埋める

中国が嫌い韓国なお嫌いルーツ辿れば己も嫌い

眠れない習慣がつき眠剤と羊の数に埋もれている

海馬の眠り

温かい部屋に手厚く介護され記憶の失せし老婆はひとり

「あんた誰」才媛なりし義妹（いもうと）は親しき顔も置き忘れきて

輪になって唄う童謡にこやかに幼児となりし老婆の世界

ちらちらと雪舞い消える結晶のはかなさに似る海馬の眠り

尋ねたい所があってどうしても辿りつけねば徘徊という

踏切の警報鳴れば電車事故起きはせぬかとベランダに立つ

裏山の落葉一面川埋めてゆるり流れる過去から過去へ

※

乳母車

咲き初めし緋寒桜に囲まれて染井吉野の巨木静けし

駅前の桜の蕾綻びぬ園児かたまり見上げる先に

公園の電飾工事待ちきれずテストの度に歓声あがる

食細り便秘勝ちなるこの頃に腹膨るるは物厭きしため

駅裏の空地の建設予定地に国境のごと壁聳えたつ

人拒む境界杭のひとところ近道らしく踏み固められ

タグボート導く巨船ゆるゆると異国を運び岸壁につく

人波の絶え間のなくて中華街呼び込む売り子に甘栗もらう

赤い靴の像は変わらず公園の花に囲まれ海をみつめる

古びたる外人墓地に眠りいる数多の異人淋しからずや

乳母車からにこっと笑う幼子ににーっと返す春の日だまり

企画書

満開の桜散りそめ葉が繁り見上げる人もなき並木道

二十年前に仕上げた企画書の成果いまなお示されており

居ることが当然となりその気配身近にあれば心安らぐ

リビングに顔並べても言葉なく互いに趣味の世界に浸る

驟雨避け入りたるカフェの片隅に人待ち顔の女いち人

江戸川堤菜の花盛り線量の噂流れて摘む人もなし

渡し船伝説残り桟橋の半ば朽ちたるままに漂う

芥子粒の島を争い面子とか歴史問題また蒸し返す

名を消す

二十年使うことなくケイタイに記憶残せし人の名を消す

鬱という文字は何度も辞書をひき仕舞に「うつ」と書く癖になる

親ばなれせぬか子ばなれしないのか娘と毎月食事会する

釣り上げてさやさや泳ぐ鮎運びトランク開ければ早も死にたる

言い難きことつらつらとメール来る会えば目を伏せ口数なきに

不信とは言わぬが未だ返されぬ金策またも切羽詰まれば

人はみな喉元過ぎれば忘れ去る神頼みさえその時ばかり

線路脇の雑草繁る中ほどに淡く色ずく小花ゆれおり

スマホに託す

見るものは何でもスマホで撮る癖を身につけ記憶スマホに託す

追いつけぬほど早足の幼子はしばらく行くと吾を待ちおり

「こんにちは」大きな声をかけてくる保育園児は隣家の次男

会話する都度面倒な難聴に人の問い掛け知らぬ振りする

試射場で人型を撃つ高揚は日頃目立たぬ残忍な性

「強い人、優しい人になりなさい」聞き流してた母の口癖

書店には流行書籍平積みで探しあぐねる古典のたぐい

入れ替ることは少なく片隅に短歌俳句の棚置かれたる

朝刊の記事

車内ではスマホに夢中誰も彼も繭玉並ぶように無口で
こんな日が来るかも知れぬ浴室で事切れていた朝刊の記事

近頃は涙もろくてドラマ観てもらい泣きするおおかみ少年

独り立ち夢もて語る子の先に苦難多くを思い眠れず

運営の資金援助に応じつつよぎる不安に子を信じ得ず

子を巡り妻と諍うことしばし厳しさのみの吾あらなくに

さはされど周囲に心強き友多しと聞けば安堵も満ちて

何もせぬ日々続くわれ朝なさな出勤急ぐ人を羨む

移りこし旧居の庭を通り過ぎ白き辛夷の六弁見ゆる

銀座裏異国の娘にこやかに花売るときのミモザの香り

日本語はたどたどしけれ居酒屋に働く少女蝶舞うごとし

オーボエの音

風邪引いたオーボエの音聴こえくる楽曲好きな隣家からまた

#METOOが姦しい中わたくしは加害者でなく被害者でもない

かつて社の経理担いし義妹(いもうと)は施設に入りて己が名も書けず

税務署の監査にめげず堂々と存在見せし頼れる味方

スケジュール把握しておりてきぱきと仕事こなせし力量惜しむ

ピカソよりゴッホが好きと言う君よ好事家たちの支持はいろいろ

坂昇りやがて下るも行先は遥か東京は坂多き街

神田明神五階下って裏のビル鰻屋喜川評判の味

浅草の国際通りジンギスカン女店長小気味さわさわ

ひと駅を歩かんとして亀のごと膝に鞭打ち息上りたる

※

数限りなく

若き日の燃ゆる思いの朧なる成し得ぬことの数限りなく

知る人の誰にも会わぬ盛り場にかつて通いし店もう無くて

車椅子健気に漕ぎし人を見て杖一本のわれ耐えるべく

縁台で将棋闘う町内の老爺は逝きぬ指す子らも去り

連日の猛暑日外は人気なく陽炎の立つ遠景のぞむ

閉店の柏そごうの最上階回転カフェ暗く動かず

閉店を告げし垂れ幕そのままに風雨に晒されうなだれており

デパートの屋上にありしビアガーデン使われぬまま遊具置場に

妻の留守一人外食入りづらく辺りに人の居ぬ店選ぶ

夕立の迫る気配に人々は膝悪しき吾を追い越してゆく

また一人こころ許せし友は逝き熱暑の中に汗ひく思い

刻まれし書類は既に塵芥（ちりあくた）記録を消せば記憶にもなし

棚に眠る洋酒「響」は品薄で三十年もの存在を増す

昇るより降り難し階段は膝を庇いてひと電車待つ

空を狭める

四個目の眼鏡見辛くなりたるは深く視ること粗略にせしか

昔には何処にもあった富士見の名いまは高層空を狭める

すれ違う若き女性を目で追えば重ねる齢もつい忘れたる

木菟もふくろうも枝に微睡みて移る季節も泰然自若

予定表空白多く薄味の食事記録を著す日々なり

言霊が次々おりて真夜目覚め殴り書きする歌の数々

鼻炎らし己が鼾の激しさに幾度も目覚む旅先の部屋

平成も終りと聞けば何かなし忘れ物せし思い残れる

若き日の天皇がいて美しき皇后がいて誇れる記憶

多難なる昭和を過ぎて平成もフルに生き抜き令和は余生

過ぎ去れば忘れていたる出来事もアルバム繰れば昨日のごとし

静電気に思わず離すドアノブの軽い疼きが心に刺さる

咳やまぬ妻は頑固に行きつけの医師の処方を頼り続ける

エスカレーター歩いては駄目言うままに歩かぬときに人は冷ややか

母国語

俺が先お前が先とゆずり合い喪中通知は今年も出さず

母国語を大きな声で交わしつつ電車降り際はにかみて笑む

膏薬を首筋に貼るいつまでも痛みは消えず恨み固まる

指で書く風呂の鏡に「否」と書くほどけぬものは解けぬほどに

マンションの掲示板には繰り返し「してはいけない」事が貼られる

生と死は三秒ほどで入れ替るこのベランダを飛び越えゆけば

赤い薔薇五十五本を購うも妻の喜び中ほどなりき

真夜目覚め思いつくまま鉛筆を削り気儘に地図を拡げる

母のコート

幼き日母に引かれし農道は過疎に残され猫走り去る

虎の子の母のコートは買出しの芋に化けたるリュックの重み

グラマンに追われ逃れし芋畑背中に残る恐怖の響き

菩提寺は徒歩三十分の地にあれど免許証返上墓参遠のく

十年は一昔されど今日からの十年さても想像難し

高齢者はジムに集まり噂たて根堀り葉堀りと広めておりぬ

自立せし子等とも久しく会わぬ間に駅前の桜の蕾目覚める

放たれしプードル二匹わが足に競って纏うこけつまろびつ

イートイン

駅前にホテル開業ラウンジは新し好きの人しきりなし

土日にはイートインなど満席に独居老人も点々と居て

縁のなき衆生にあれど映像にみる足長のモデル羨しき

仮設にも夕餉のあかり音のせぬ夜がまた来る忘却運び

コート脱ぎ急ぐ季節に戸惑いつ桜が雪を被る地もあり

妻の留守カレーライスが鍋にある昼を抜かして夜食にあてる

陽の昇る地平、陽の沈む地平、わが家(いえ)の裏と表に

休日のイベント集まる人たちの帰った後に椅子たたむ人

ひねもす歩く

繊細な温もり求めギタリスト村治佳織のコンサート聴く

ふるさとと深く交る事もなくいま住む街をひねもす歩く

言葉数次第に減りて居るだけで事足りている二人のくらし

吾が生れし街は膨らみ古書店もビルに変りて多店舗となる

真夜歩くこと少なけれたまさかに出会いし人に身を固くする

炎鵬が勝てば喜ぶ観客の判官贔屓に同調しきり

顔知らぬ人多くなり集会は行先違うバス乗合いしごと

「元気そう」「大丈夫」など常套句慰め言葉に癒されはせず

浦島太郎の世界

遠来の友たずね来て久し振り禁酒ほどけばバーボンの味

銀座裏孫のようなるホステスと話を合わすしばしば合わず

自覚なく否やなきまま高齢者浦島太郎の世界に遊ぶ

驟雨去り驚くばかり遥かより遥か地平に大き虹みゆ

天皇も戦後生まれとなる「令和」若やいでいるカラオケルーム

十年はまたたく間なり千年の人恋う話くり返し読む

駅舎には古びし鏡嵌りいて見たこともなき老爺映りぬ

朝五時の星空残る朝まだき一番電車急ぎ去りゆく

米寿まで二年

はらからは皆死に絶えて遠ざかり噂話も久しく聞かぬ

呼ぶ声は確かに聞こゆ眩しくて届かぬひかり背後にひそむ

米寿まで二年卒寿にはもう二年残る月日を小出しに使う

死にたくはないが必ず死ぬだろうあんな丈夫な奴の訃報に

人よりは満ち足りていた結論は出せないままに小さく萎む

大太鼓颯爽と打ち魅了する林英哲小柄な男

災害用備品今年も買い足して安全だった小さな保身

この道に車が沈んでいたという何事もなく静かな道に

ひとり酌む居酒屋風の食処今日も来ている初老の紳士

五十年何があっても付いてきた妻に言うべき言葉もなくて

わが足の遅きを厭う妻なればコロナ理由にわれは留守番

忘れる特技

駅前の花壇は高校園芸部若き教師の指示で草刈る

屋上で富士初冠雪の見えた日の今年は七日遅いと告ぐる

もしかして無呼吸症候群なのかこの頃夢もさっぱり見ない

男には気脈通じるものがある喪失感を引摺りながら

女には忘れる特技あるらしい涙はきっと消しゴムのよう

高層に住み八年目の初日の出下界は隙間なく家建ち並ぶ

クリスマスカクタスと言いテーブルに一夜で開く花鉢重し

目覚めればまだ夜は明けず一日が踠(もが)きながらに時を刻めり

幼な子のよう

駅前のイルミネーション去年より派手さを増して人出賑わう

頻尿の悩み語らう酔客の一人は妻に死に別れせし

特養に言葉少なく下を向き帰途いもうとは細き手を振る

ひたむきに幼な子のよう頼りなくいもうとの手が熱くからまる

壊れゆくいもうとはただ喜びも怒りも忘れひたすら静か

菜園の小さき虫に驚きて部屋に駆け込む幼な子おかし

拳骨の一つ二つでベテランの首が飛ぶよな人権時代

遥かなる夜の闇の中団欒の灯ともすあかり空に瞬く

写真立て

わが住まいとりわけ聳え他を圧す隣りは何をする人なるか

エントランスに人の出入りは多けれど防犯カメラ睨みをきかす

額に入れ日夜飾りし写真立て誇らしげなる過去の年月

子と会えば「元気か」と言う極め言葉他には交す話題もなくて

子育てが未熟な吾は叱咤する事のみ妻に全て委ねし

足の傷術後ますます濃くなりて恨みのごとき痛みときどき

足早き少年時代ありしとう往時を語るライバルのいて

ひとり酌むカウンターバーに流れくるレトロな曲に面影浮ぶ

五層の塔

入念に藁苞囲む寒牡丹如月のひと日こころ温もる

上野山五層の塔の影映し鮮やかに咲く寒牡丹咲く

鏡見てひとりごつのみあと十年若くありせば残すあれこれ

似た人の後姿を眼で追いて過ぎし月日の早きを思う

竜電の歌若々しイベントは土俵の顔を何処かに置いて

いつよりも早い開花の九段坂例年になく人出少なし

大堀川の調整池は重ねくるあらしに耐える過ぎて清しき

顔見えぬマスクの人の多ければ見知らぬ土地を旅する思い

コロナ禍

イベントは自粛、中止のコロナ禍に集まる人の絶えて久しく

仲見世の外国人はかき消され線香は濃く境内に散る

コロナ禍で何処へも行かず何もせずひとり呟く「ああつまらない」

迫りくるコロナウイルス野放図に野盗のごとく勝手次第に

人集う所はすべて近寄れずコロナウイルス消臭まみれ

こんな時箱根強羅の「花扇」しきりに思うまた訪ねたし

「おとなしくしないとコロナ来る」という子供脅える現代の怪

肺病みし上野久雄はコロナ禍を恐れたるらん逝きて仕合せ

通り抜ける風

免許証返上をして早や二年近頃しきり車を欲しき

戸開ければ通り抜ける風何処へ行く積り積った自粛を連れて

健康は歩くに如かずと言いいつつも行きて帰るは死ぬほど辛し

一時二時三時四時五時目覚め癖昼間は眠く起きて気怠し

遠景は小雨煙りし朝まだき何処かに物の落ちる音せり

いもうとは要介護４特養に時折醒めて家を案じる

特養は面会謝絶義妹(いもうと)はこころ閉ざせり人来ぬ部屋に

何事か理由(わけ)も判らずいもうとは島流しだと涙ぐみおり

里帰り待つ義妹(いもうと)には人拒むメッセージありコロナ冷え冷え

施設閉(と)じ駐車場閉(し)め「密」を避け家から出るな人には会うな

※

Ⅱ

（平成21年3月～平成24年8月）

五浦の岸辺

ひと刷毛を六角堂の空に描き五浦の海さわ立ちており

絶海を寄り来る波は五浦の岸辺しらじら磨きつづける

裸木を陽にはね返す百日紅常緑の庭に孤高を保つ

藁苞にくるまれて咲く寒牡丹うわさの人はどの辺りまで

褐色の景色に倦みて微睡みて鉄路の響きをわが鼓動とす

ふよふよの白き腹見せ鮟鱇は捌かれんとす固唾集めて

髪長き人の降りたる空席に座れば幽か女の匂い

新宿のゴールデン街したたかに戦後の街を引継ぎて生く

マッチ箱連ねた店は身を寄せて梯子昇ればレトロな隙間

終電は終着駅に近づくも酔客夢の中をさ迷う

子らがみな自立し去りて庭先の甘柿熟れて木守りとなる

白きホテル

庭の草繁るにまかすひとところ虫が虫喰い鳥来てそを喰う

晩節を汚さずという晩節に目立たず残さず守らず攻めず

眠れずに車窓去り行く山里のページ捲りて「あずさ」は走る

ゆくりなく祝宴ありぬゆらゆらとシクラメン咲く白きホテルに

理路外れし主張をひとつそれだけが私に刺さる見抜かれし嘘

近頃は母のようなりおりふしに妻の小言は瑣末におよぶ

遊歩道にテーブルのある茶房には花びら千切る乙女子ひとり

見おろせし樹海たちまち霧おおう初秋の陸奥に謎を残して

胡麻豆腐

十二番ホームに見えし子の姿なにやら熱く語りいるらし

二カ月も顔を見せざる子のメール例文のみの短かさにして

月心寺のはじめの料理胡麻豆腐こころの芯に問いかけてくる

明道尼八十四歳あと二十年胡麻豆腐の味極めるという

右の腕右足動かぬ明道尼今日生きるとは痛み伴う

乳房とは不思議なとびら若き日の母は写真に眩しかりしよ

所在なく日射しに眠る仔犬たちペットショップに人だかりして

大声で手荷物抱えし団体は秋葉原より成田へ向かう

座禅草

「約束をしましたよね」と妻は言い約束事の軽さを思う

アナログの余命告知にわが家のテレビ二台も廃棄のさだめ

座禅草は湿地そちこち瞑想す知らぬ存ぜぬは仁義の乱れ

朝鮮の胡麻粥という黒々と正体知れぬ汁椀に黙す

「補聴器は不要でしょう」とカルテには空欄のまま検診おわる

「ミサイルが通り過ぎたがどう思う」テレビの街録応う術なく

富士山の頂上の夕日見ゆるとう家を移りしM氏の理由

釣り人は川へ魚を戻すとき無償の行為を趣味と呼ぶらし

阿修羅像

阿修羅とう名を思いつつ生きてきし悟れぬわれは穏やかならず

合掌の手と手に僅か隙間ある阿修羅像には未知なる逡巡

四天王に踏み躙られし天邪鬼泣き喚くあり耐えてるもあり

英世像脇道に佇つ青テント撤去されたる上野公園

鳩はみな屈託もなく散らばりて人追うごとく追われしごとく

人の言う悠悠自適わが身には無為徒食なるこれも至福か

煙草喫うおみなが一人休憩を待ちかねて立つ逃れるごとく

公園に人の環ゆらぐ大道芸しくじる時は大いにゆらぐ

ロダンの彫像

美術館の庭のロダンの彫像に酸性雨禍ありニュースとなりぬ

酸性雨を防ぐ塗装をくろぐろと「カレーの市民」立ちつくしおり

ブロンズの素肌塗られてよそよそし「考える人」の苦悩うすらぐ

「地獄門」はゆるぎもせぬが偽作めき西日にかすむロダンよ許せ

模造かと思うばかりに艶めくは厚化粧せし美女像ひとつ

紫陽花のむらさきの濃き本土寺の池の巡りに来世しずもる

山門のデコボコ道の両側に臨時駐車場庭先つぶし

檻に住み飽食に慣れ皮弛み雌ライオンは惰眠のさ中

囚われしゴリラの思う行く末は変えようもなくサバンナ乾く

密林を模したる囲い猛獣と危うき共存保たれており

睡蓮の高く開きて大空にひかり放てば梅雨あけそむる

深きふところ

ゴンドラは急峻の谷曳かれゆく白馬五竜の深きふところ

白馬(しろうま)を垂直に降る陽のつぶて異界とおもう熱きときめき

ゲレンデを取巻くゆりの群落と白馬岩岳揺られて眺む

頂きは閉ざされし壁白馬吹く風に遠のく記憶のありて

鄙びたる民話伝うる里人に四尾連湖はただ蹲りいて

両の手に囲みし湖(うみ)に巨いなる鯉の鰭うつ音ひびきたる

陥没湖の四尾連にわかに霧のなか解けぬ課題の裳裾を乱す

冷え冷えと帳(とばり)つつめる湖を蝙蝠は飛ぶ夏の終りに

レンゲショウマ

死者たちの霊あるごとし恐山石積み無数「いたこ」の祈り

争いを遠く旅宿に寛ぎて海峡抜ける巨船に飽かず

来年も必ず見たし御嶽山のレンゲショウマを妻撮りつづけ

傾りにはレンゲショウマの群れ咲きぬ裾野を緩くバスのぼりくる

なまはげが宴会場になだれこみ記念写真をしきりに強請(ねだ)る

相槌を打つ

会う人も限られており二度、三度同じ話題に相槌を打つ

知らぬ間にあちらこちらに尾鰭つき火のないところ煙はあがる

次の子が赤子の襁褓替えておりことも無げなり手付きもよくて

亀有の駅より見えし居酒屋は新築ビルに取って代わりぬ

餌奪う金魚のボスを懲らしめて追い払うとき全てが逃げる

落選の元大臣の反省文次の準備は早くもきたる

ゴミに出す故障パソコン回収を待たず持ち去る好事家のいて

生垣の間(あわい)を出たり入ったり塒を持たぬ黒猫あわれ

戸袋に巣づくり

戸袋に巣づくりせしや雛の声自立まで待つ朝朝せわし

日帰りの甲府駅頭しのびよる客引き叱れば夜陰にまぎる

箱根山降(くだ)りし登山電車には湯本を過ぎて通勤多し

川沿いの湯煙りこもる宿の夜に途切れとぎれの新内きこゆ

硝子戸の陽射し背に受けつらつらと争いなどは無かったことに

房の海はげしく生きし伝説の鈴木真砂女の句碑蹲る

日程の二ヶ月先を書き印し呟くときにふとよぎるもの

愛するという難しさ蔓薔薇と蔓薔薇互みにからまり合いて

禁じ手を思わず掛けるカニバサミ人の悪意もかくあるものを

「まあ、まあ」とまるく収める寝業師は時間切れまで素顔を見せぬ

居酒屋にプラス思考の話し声交代、移譲、引退もある

手をつなぎ信号渡る園児らのかるがもに似て渋滞なごむ

人力車居らず看板残されて湯本早川とばりに沈む

久々に聞く羽根の音に無患子の初夏の小花を目に浮かべおり

うろうろと虎は無聊をもてあまし時折あたり威嚇の仕草

麒麟から見える視界にサバンナの危機感はなく飢餓感もない

八月に励ます文を寄せくれし冨士田元彦年の瀬に逝く

彼岸より賀状届きぬ雌伏せる富士田元彦まだ在るごとく

無人駅の改札口には箱置かれ十円玉も投げ入れてある

※

駒草

鯛の浦ゆ観光船に群がれる空にはかもめ海には眼仁奈

駒草の群落がある咲く花が見たいと聞いたもう三回忌

好景気懐しむ人聞く側も老人ばかり待ち時間過ぐ

読み返したい本の名前を頼まれぬ古書店の前ふと思い出す

スカーフを銜えし鴉電柱で噂話に聞き耳たてる

院展の未知の世界は霧の中ガジュマロ絡む異国にありて

夜半かくも清張の闇ふみ迷い遠距離の恋行きつ戻りつ

※

海老蔵の声

ジュサブロー「清盛無常」の人形展外を篠突く驟雨が閉ざす

演舞場19列30番海老蔵の声天井を抜く

棚にある木彫りの狸十体は尋ねし先の由来を示す

愛憎のすべてを忘れ車椅子に能面つけし老婆はひとり

おみくじは大吉とありひと刻を幸せにする観音詣で

五色岳お釜は見えつ霞みつつ茂吉の歌碑もしめりておりぬ

おとがいの先に聳えている未来スカイツリーはジャックと豆の木

勝者ただにこやかなれど敗者みな理由を探すさもあらばあれ

遠き記憶

アルバムに遠き記憶のひとりいて告げ得ぬままの悔悟が浮かぶ

抜歯せしごとく人去りデスクには私物乱れる怒りを残し

こちら立てあちら崩れるくり返し投げる容易さ耐える苦しさ

着せ替えの小便小僧どうしたか浜松町駅戦後の記憶

施餓鬼会の知らせに続き「葬式は必ず当寺で」終の商魂

握り拳

夜半つつとシンクを鳴らし貝たちの諦めきれぬくちづけを聞く

もし父はどうしただろう言い負けて握り拳の解けないままに

川に浮く空瓶に石投げつける思い出せない争いの種

大臣の「例外はない！」殺処分しずまる牧舎を猫走り去る

きまり事はたせるごとく家が建ち森は次第に痩せ細りゆく

わが犬の墓石覆う夏草の傍らに鎌錆びて転がる

琉金は水槽の中休みなし茶房に呼び出しコールたびたび

エコポイント・減税などと買い急ぎ知人はほとんど小型車に乗る

残照

褐色の雑木林に絡まりて忍冬（すいかずら）あり匂いきわだつ

手も足も思考回路も鈍化して「あれ」「それ」「なに」の範囲に生きる

残照を片頬に受け点となるまで見送りし陽炎の中

ゆるきゃらが幼な子たちに囲まれて祭り会場市長も参加

目的のある羨しさや妻今日もスポーツジムへいそいそと行く

跳ねられし犬の死骸を片付ける清掃車待つ見物の列

足早に冬伴いし霜月の蒼深まりて疎遠な便り

夜更けまで妻と娘の雑談にピリオドなくて生欠伸する

黄砂

めずらしき秋の黄砂に辻褄のあわぬことなど覆われてゆく

インターネット覚えし妻はわが名ひき『阿吽』の記事のありて驚く

砂を嚙む思いつくづく奥の手を持たぬ弱味を踏み躙られて

霜柱立つ裏庭に妻飽きし草木盆栽憐れとどむる

追われ猫飛び込んでくる庭の隅喧嘩負けたか悪さをしたか

レバ刺し

前ぶれも無く不意打ちに年の瀬にぼくを襲ったトイレの下血

即入院結腸腫瘍の懸念あり有無を言わせず手続きすすむ

点滴の滴一滴を凝視して絶食五日　雲行き迅し

腸内視ＭＲＩに胃カメラと検査おりおりなすが儘なり

内臓はレバ刺しほどに異常なし敢えて言うなら「疲労でしょう」

スケジュール全否定されひたすらにナースに甘え解放を待つ

七日間で五キロ痩せれば妻曰く私が替わっていればよかった

ベッドから見る空怒ったり笑ったり目を転じればやがて泣き顔

子ら巣立ち

晦日(つごもり)の駅前広場に連なりし電飾の並木を北風なぶる

睡眠剤(レンドルミン)習慣となり飲まぬ日は羊の群れにまんじりとせず

子ら巣立ち夫婦のみ住むわが家に6LDK物置くばかり

高層に住みたしという妻のためモデルルームを確かめにゆく

子ばなれを決めればすでに憂いなく古きを離れ今を楽しむ

早咲きの紅梅に射す夕茜きーんと響く風のあし音

住み古りし家移らんか躊躇いはうから育ちし日々の痕跡

段ボールに詰み重ねたる古書の山今日図書館に運ぶさみしさ

霞む橋桁

菜の花の芽を摘みゆけば江戸川の堤をはるか歩みきたれり

堤には「海まで三〇粁」の杭立ちて霞む橋桁二本が浮ぶ

朝なさな堤を走る人の顔旧知のごとく声かけ交わす

異国語のごとく読経を聞き流し故人に熱く思い馳せおり

もう夢に出ることもなく仏間には我より若き母のほほえみ

枝切られ楓並木はそれぞれに拳突き上げアジるがごとし

お互いに延命治療するまいと妻は私に念押すばかり

しんしんと計画停電実施され音なき闇にしばし置去り

エリカ

門口にいま粲然と咲くエリカ息災ならば語る一夜を

木蔭から「しばらく」などと現れて面差し似れば暫し佇む

十二番動脈つまる以後十年バイアスピリンを飲み続けおり

尋ねたる住居わからずさまよいて袋小路にまた突き当たる

何年も袖通さざる皮コートクローゼットを引払いたり

跼まりて虫の動きを注視する幼の傘のうちの出来事

余生あといかほどあるか侘助の幹に伝えし爪あとかすか

澱みたる水槽の中琉金に玩ばれし藻は術もなし

富弘の詩画

渓谷の反対側は急斜面わたらせ鉄道突如滝おと

ボウボウと牛蛙鳴く不忍池今年はちすは小さく開く

定まらぬ記憶の中を不忍の畔に失せし言の葉もあり

干上がりしダム湖の底を村落に囲まれ残る御社の屋根

決めかねしクローゼットの物色を富弘の詩画に見咎められたる

炎暑避けさまよう蜘蛛が部屋ぬちの影を探して床滑りゆく

生きてるか試すごと来る消息は十年振りに旧知の賀状

ためらいもなく真っ黒な太陽を描く少年に問う言葉なく

逃亡者

今日までと今日から先を区切るごと旅選びおり涼しき国へ

閉ざされし思いを抱き絶滅の魚棲むという湖をたずねる

声高に油蟬鳴く公園を逃亡者らは駆け抜けてゆく

十年も若き遺影が飾られてのちに耐えたる歳月みえず

長過ぎる炎暑一服予報士は大型台風発生を告ぐ

ひっそりと並ぶ夢二の女子（おみなご）の泣く声がする閉館近く

浴槽にぬるく湯をはり睡魔とも闘いながら茂吉に浸る

三十度越す集会に詰め寄れど高線量の対策はなし

粛粛と兵士ら任務果たしつつ整然と去る期限来たれば

一瞬に全てを零に戻し去り海は起点に静まりており

※

擬宝珠

耳もとで揺れる噂は誰彼と吊り広告の色めき立ちて

一輪の擬宝珠あわく文机の小鉢に開く今日妻は留守

スクランブル灼熱の中待ちおれば向かいに俺の影が苛立つ

力瘤汗に光れる瓦礫処理失いたるは心にあらず

上野駅近く居酒屋横丁に啄木の歌碑ひっそりと在る

グラビアに埋めつくされし海外の旅行案内飽かずに届く

帰宅時の通勤電車に乗り合わせ異次元にあり四面楚歌なり

裸木の梅より離れ一枚の枯葉は跳く蜘蛛の巣に揺れ

引越し

四十年住み慣れし家引き払う埃まみれの収蔵あまた

誰も居ぬ子供部屋にはスケボーやエレキギターの放置してあり

「子のしつけ」本屋に並ぶ手に取れど密閉されて中味は知れず

家具などを廃棄し新たに買うという妻の口調は浮き浮きとして

庭木などいらないという買主に蘊蓄並べ育ててもらう

おおたかの棲むという森狭まりて吾の新居が見下しており

子供部屋設けぬ家に使わない寝具一式用意しておく

駅前の便利さを買い近隣を知らぬマンション引換えにする

家具調度

両隣りしんと静まり回廊を引越し作業の台車せわしき

家具調度新調すれど己が身のリフォームならずいささか寂し

朝明けを忽ち昇る太陽をベランダに見る高層もよし

心持若やぐ妻は絵のような敷物などを購いてくる

地表より遥か望みし異風景届かぬものをありありと見る

昼日中部屋にこもりてふと気付き居間うかがえば妻ものの書く

訪う予定も来る人もなき休日に長いメールを妻は打ちおり

過ぎし日の良きことばかり思いつつひねもす一人寡黙にありて

Ⅲ

（平成24年9月～平成28年8月）

草食系

駅前の小学校は移転して桜並木と巨石残さる

われと人見知らぬ儘に住むところマンションという共有空間

意思弱き男を草食系と呼ぶ老いた男は朽ちた流木

遊歩道にテーブルのある茶房には花びら千切る乙女子ひとり

台風の余波海岸の雄叫びに犬は怯えて遠吠えをする

週末に娘が通う気仙沼若者たちのボランティア無垢

跡地にはまだ海水の溜りいる生家捨て来し人移りたる

※

四人部屋

大量の下血は腸の憩室とふ拗ね者のしわざ時折拗ねる

絶食も十日続けば日々起きる出来事まるで人ごとのよう

点滴台のコードおりおり立ち止まり生きなんとしてまた鼓動うつ

病院は四人部屋だがカーテンの向こうに息のむ空間のあり

消灯後カーテン越しの暗闇を寝息がゆれる時間が過ぎる

雪飛ばす車行き交う湯の街に脱原発の選挙カーゆく

乳母車は荷物山積み幼子は胸にくくられ母は健気に

わが住い部屋もポストも玄関も暗証、鍵で雁字搦めに

銃眼

狐火の燃える山野とおぼしけれ焼却灰の仮置場には

線量を意に介さざる磐梯の紅葉秋を無垢に彩る

銃眼が狙っているよ竹島は見渡す限り海に漂う

難癖は覚えも無くて小島にも国の威信など見栄ばかりなり

漁場にはロシアの支配蟹漁はノービザという訳にもいかず

エコという売り言葉にはすぐに乗る振り込め詐欺の絶えざるごとし

日々見てる己が姿は気付かねど久しき友の老いに驚く

※

富弘の絵柄

草叢の膝ほど伸びし更地には市街化予定地の看板が立つ

紅葉の林に立てば嫩葉が寒気に舞えり身を任すごと

奥入瀬の数多き滝の大小は名を持つ持てば滝らしくあり

もう雪に埋もれたろうか安達太良の湯宿の庭の山野草たち

富弘の絵柄を愛でて幾たびか尋ね行きたりダム湖のほとり

眼下には線路が続く何処にか電車に乗りて旅続けたし

森光子、大滝秀治旅立ちて思い残すは生きてある者

訃報また年の順とは限らねど積み重ねたる功績惜しむ

或る日

寒空をはぐれし雲は新月に絡まりながら夢追いながら

限度とは図れぬものよ或る日ふとベッドを降りる布団の重さ

くちなわの土偶の赤き舌先に嚙ませてみたき薬指ある

吊るされた笊に売り上げ放り込むアメ横通り寒波はじける

働かぬ齢となりて乗り合わす通勤客は誰も無口で

万能の神あるとして初詣いずこともなく人わらわらと

晴れた日は遥か筑波を整然と北帰の鳥の群れ旅立ちぬ

あと二日でもう誕生日過ぎてゆく若い若いと言われ続けて

くちなわの抜け殻風に舞いあがり砂塵ともない着地を探す

流れ去る年月あわしさりながら濃く刻まれし歌碑に日は射す

日馬富士のズーズー弁は部屋仕込みスピード感はモンゴル仕込み

踊り子

天気図は永い寒気を示しつも河津桜の蕾ほころぶ

伊豆沖に南の風の近づきて稲取の坂吊るし雛並む

ひたすらに寄する波見つ踊り子は妻と向き合い下田を目指す

遥かには大島けぶり乗客も次々降りて伊豆急走る

青空を飛行機雲が切り裂きて迷うことなく未来を跨ぐ

イタメシの味

満ち足りて上野公園横切れば大道芸に人だかりせり

うたた寝の居心地よさは屹度また過去を未来に呼び寄せている

新装の東京駅を見下して新丸ビルのイタメシの味

雪国の気配を屋根に積らせて上越線は上野へ着きぬ

丸の内イルミネーション此処はもう念押さずとも整いており

気儘な旅

半年は気儘な旅とザック背に娘はアジアを各駅停車

二月尽氷雨にわかに道濡らし南シナ海通過の報らせ

戦争を知らぬ柔和なアオザイの少女と並ぶスナップ届く

プノンペンは夏真っ盛り酸ヶ湯には六米の雪降り積る

赤道を越えゆくときに過ぎるもの雪の重さを瞼にとどめ

地吹雪は積り続けて家を埋め人を埋めて見境いなくす

無差別なイスラムゲリラ貧しさを貧しき民を巻き添えにして

判断のつかぬ対応ドリブルの巧みさそこは神の領域

色とりどり

水槽のある茶房には身じろがぬ巨魚一匹が悠然と棲む

妻の居ぬ昼餉ラップに被われし金目がじっと問いたげにいる

昨日から今日へと続く物語村上春樹寝不足となる

大学のスクールバスを待っている色とりどりの若者がいる

ビル風に千切れるほどの幟並む最終分譲あと三区画

天使は声を

寝足らざる薄明になお消え残る夢にしばらく思い重ねる

エレベーターの鏡を一人見詰めれば心揺らぎし老いの顔あり

始まりと終りのチャイム鳴るときに天使は声をそろえていたり

朝なさな「口笛吹きと少年」の曲流れくるパン焼く店に

姜尚中はパソコン引くも見当らず一文字づつ合わせて綴る

開発地に繁る雑草払われて生きものたちはあわてふためく

蛍ぶくろ小鉢に咲けり語り部のもの悲しかる舞台の裾に

里山の風情を保つ大堀川を辿れば街の地中に消える

新刊積まれる

九十九里の砂浜削がれそちこちにテトラポットが破線のごとし

予定なく立入りし書店客多く人待ち顔の新刊積まれる

動脈にステント入れし心臓がおりふし俺を立止まらせる

検眼の度びに作りし遠近は少しづつずれ四個となりぬ

少年の電動くるま椅子動くシーズ黙って横に従う

遠ざかりゆく快速は7時発通勤時間すし詰めにして

傘寿とてウズベキスタンのメッセージ娘はまめに吾を気遣う

異国より手配したらし娘より「久保田・万寿」の包みが届く

毀誉褒貶

人は人毀誉褒貶に耳貸すな村上春樹の説く声がする

神楽坂に神楽見に行く上り下(お)り膝にぎしぎし嵩張る痛み

膝頭曲らぬ儘にもてなしの畳の部屋の居心地悪き

白内障の検査の後はいつになく霞かかりて眼鏡押し上ぐ

失明も稀にはあると医師の言うその稀になる恐れどこまで

立退きし我が家でありし建物に人住まぬ儘二とせが経つ

表札を外せし跡は深々と穴あき落葉積もりておりぬ

俗に言う晴耕雨読の機を得しに為す術もなく時を過ごせり

代替りせし同業のトップらも老いの兆しの見えるこの頃

思ほえば俺の日常妻のもののメシ風呂寝床すべて整う

何気なき空気のごとき五十年ある朝妻の老いに気付きぬ

うめさくら

根津神社のつつじまつりの躑躅みる二百円とる狭き石段

うめさくら藤に躑躅に紫陽花と名所は何処も高齢化する

膝曲げぬ吾に座敷椅子運びくる仲間も中居も手馴れしごとく

通院の科目増えたり整形に眼科泌尿器歯科循環器

「オレ、オレ」と言われ信じる孫の声妻は久しく待ち遠しくて

養殖の近大マグロ銀座でも物見高さで行列つくる

新築のマンション並ぶ目の前にレトロな家の門構えある

まだ足りぬ終電間際ベンチにはメール続ける一人がいる

休日は手作りパン屋賑わえり今朝は厨も抜殻だろう

いく度目か枯らしてしまうベランダの野草棚には撫子ならぶ

バスツアー途中の景の佳しという吾は悉くい寝て過ごせば

気遣い

真向いの同じ高さのベランダに煙草の火ともる蛍族らし

電球が切れたままなり我が膝を気遣い妻は言い出しかねて

木彫り熊は鮭を銜えて動かざる幾変遷の本箱の上

血栓や高血圧や尿酸値薬量増えて十年を経し

出されれば黙々と食いあとは寝る死して残せる皮も名もなく

終の住処

よるべなく共同墓地に納めらる上野久雄の終の住処は

うから縁うすく病む妻託せしも後追うごとく長子身罷る

頑なに拒否せし歌碑を諾うは石田比呂志も建つと聞きしに

死を前に「嬉しかった」と呟きぬ上野の歌碑の意義報われる

遠のけば距離近くなる「白鯨の……」碑(いしぶみ)の前歌よみ集う

エンジェル

大堀川ゆるく遡上するときにはるかな海は満ち潮なるか

生きてきた証と思う大堀川もとへゆっくり小鴨を運ぶ

いつしらに耳遠くなり問い返すこと憚られ領くばかり

浴槽に裸身ゆらゆら不確かな想い断つときすぐ立ち上がる

保育園のお迎えバス待つエンジェルは世間話のママに割り込む

歩数計ゼロ

ああ今日も歩数計ゼロ太股の痩せ衰えし隠遁の日々

日は沈む間際窓辺に照り映えぬ先争いし夕闇間近か

心から弱音を告げる相手なくベランダに出て風音を聞く

じじばばの一つ話は駅辺り大き森ありおおたか棲みしと

仏壇は覚えぬ名前多くあり母みまかりて三三忌過ぐ

十階の部屋

てのひらの横一文字は強運と言われ続けて晩年となる

震度4、十階の部屋揺れ続け錐揉むごとくへたり込みたり

ふためきて眼下の景色眺むれど常に変らぬたたずまいあり

早々に非常用品チェックせり日頃見向かぬ品々ありて

膝悪きわれは走れず居直りて閉所恐怖に耐えいるばかり

死ぬ時は皆一様と言いつつも出口へ向けていざり寄りおり

浴槽の湯が波打ちて溢れたり妻は慌てて飛び出してくる

わが膝は勝手にわれを貶めて左右の歩み不揃いにする

巨き一尾

水族園に観衆集う只一尾生残る鮪確めに行く

生残る巨き一尾は加われるマグロの群れを睥睨しゆく

かるがもの列のごとしも園児たち思い思いにつかず離れず

近頃は滅多に会わぬ歌人から歌集頂く有難きかな

長男は家に来るたび仏壇に線香手向く祖母を忘れず

ベランダに花鉢ならぶ二十まり庭ある家の名残りなるらし

妻の友「毎日何をしてますか」応えに詰まるわれの晩年

二十年、三十年前を懐しむ寝る間も惜しむ日々のありしを

良き歌遺す

大室山の夕陰からは団欒の手にとるごとし大島あかり

大室山に眠るカルデラ千年を相模の海に影おとしたる

道すがらちあきなおみの歌洩れてそうあの時は人ごとだった

欠けてゆくめぐりの人を顧る間もなく黄ばみし舗道を急ぐ

啄木は貧しかりけりその後の久雄も貧し良き歌遺す

約束事

未から申に変るといつの間に約束事のいくつか消える

三面鏡の跳ね拭うのが癖になり一つの汚点も許さぬ心地

もう一年また一年を繰返す「いつも若い」と人はまた言う

深刻な争いなれど身に迫る意識なければコップのあらし

啄木の世界なつかし再びを小池光の著書*に魅せられ

*『石川啄木の百首』ふらんす堂刊

水害の被害者沙汰なくもう三月(みつき)風の便りは九州に住む

原節子忘れたころに訃報あり人死ぬときに甦るもの

毎日が実感となる老いの日々上野久雄の享年を越え

車椅子の老人たちは一様に口固く閉じ無言で過ぎる

時効にはならないだろう本心を告げないままにさよならすれば

大雪で交通道路の混乱をリビングで観るだらだらと観る

赤い頭巾

御坂越え昔は難儀したという太宰の語録、上野の語録

道端の石仏ひとつ手作りの赤い頭巾が被せられおり

此処までは護岸整う大堀川辿る間もなく地中に紛る

おおたかの森とふ駅に幼な子や若い母らが集うのびのび

勝ち負けは流れと思う「髙安」の星取表に一喜一憂す

人工関節

膝頭に人工関節入れるとふ異物に頼るこころもとなく

セラミックと合金擦れきしきしと此の世のものと思われぬ音

リハビリにしわっと痛む膝頭「嫌だ、やめた」と思いつ励む

相部屋のカーテン越しに聞こえくる痛みに耐えし吐息のありて

痛いとき痛いねと言いさからわぬナースの声に心やわらぐ

起き抜けに半月板の吊る痛み術後我慢の過程は続く

二十針色鮮やかな傷痕は生ある限りわれを離れぬ

点滴の下手なナースはひたむきに何度も針を取り替えつつも

あとがき

『海馬の眠り』は私の第三歌集であります。前作『阿吽』から約十二年を経て約一千八百首余りの中から自選した六百六首を収めたもので、大半を所属誌「みぎわ」から、あと「角川短歌」「短歌往来」「歌壇」「短歌研究」ほか短歌雑誌に掲載された作品です。内容は三部作に編集し、Ⅰは平成二十八年九月~令和二年六月。Ⅱは平成二十一年三月~平成二十四年八月。Ⅲは平成二十四年九月~平成二十八年八月に構成されています。

この十二年間は私にとって多くの変遷のあった年月でした。平成二十三年には五十年近く住んだ家を引払い、初めてマンションを購入し妻と二人の生活を始めました。

平成二十年には、みぎわ創刊者の上野久雄に乞われてみぎわの代表となり、上野の死後、彼の希望通り創刊三十周年記念号を発行し、それを機に翌平成二十六年に彼の子飼いの弟子である河野小百合に代表を引継ぎ、私は顧問に退いて現在に至っております。

私の経営していた広告会社は順調でしたが、経理全般を委ね、堅実に補佐してくれた義妹が重い認知症を患い、会社運営に大きな支障を来たした上、私も金融商品に深入りして莫大な損失を出し、やむなく会社を人に託してフリーとなりました。その時丁度七十五歳になり、人生の節目と決めた次第です。この後どれほど生きられるか判りませんが、今は短歌を唯一の友としております。

出版する歌集の題名は「ちらちらと雪舞い消える結晶のはかなさに似る海馬の眠り」から命名しました。

出版にあたり、以前からお約束していた砂子屋書房の田村雅之代表にお引受けして頂きました。ありがとうございます。

令和二年六月

高安　勇

歌集　海馬の眠り　　みぎわ叢書第五八篇

二〇二〇年八月七日初版発行

著　者　髙安　勇

千葉県流山市おおたかの森東一丁目九―一
シティテラスおおたかの森ステイションコート一〇一三（〒二七〇―〇一三八）

発行者　田村雅之

発行所　砂子屋書房
東京都千代田区内神田三―四―七（〒一〇一―〇〇四七）
電話　〇三―三二五六―四七〇八　振替　〇〇一三〇―二―九七六三一
URL http://www.sunagoya.com

組　版　はあどわあく

印　刷　長野印刷商工株式会社

製　本　渋谷文泉閣